EXTRAIT DE
LA NEMESIS
DU PEUPLE.

.AUX

TIGRES DU NORD
LA POLOGNE !

La foi des Polonais ne peut être trompée,
La France doit parler la main sur son épée.

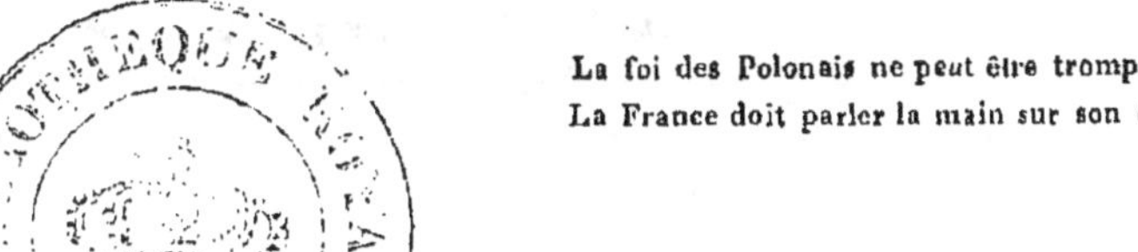

PRIX : 15 CENTIMES.

PARIS,

EDMOND ALBERT, ÉDITEUR,
Rue du Hazard, 3,
ET AU DÉPOT CENTRAL, RUE SAINT-HONORÉ, 166.

1846.

AUX

TIGRES DU NORD,

LA POLOGNE.

La foi des Polonais ne peut être trompée.
La France doit parler la main sur son épée.

Le bruit sourd et lointain du tonnerre des Slaves
A troublé dans le Nord le sommeil des esclaves ;
Des peuples, destinés à des fers éternels;
S'arment contre des rois, ces tyrans paternels,
Ces tendres protecteurs, qui vont à *Cracovie*
Faire régner encor *l'ordre de Varsovie*.
Contre un peuple s'armant de batons et de faulx,
Les bourreaux couronnés dressent des échafauds,

Avec des assassins signent un pacte impie
Et font de la valeur un forfait qu'on expie.
Pourquoi sur votre sol toujours ensanglanté
Avoir poussé ce cri : *Patrie et Liberté* !
Pourquoi de Nicolas, le tigre à face humaine,
Avez-vous secoué la trop pesante chaîne?
La France est loin de vous, et vos antiques droits
Ont été brocantés dans le conseil des rois.
Metternich, le Satan de la diplomatie,
Des peuples énervés sait qu'elle est l'inertie.
Il sait que l'égoïsme a versé son poison ;
Que complice discret de toute trahison,
Le matérialisme a corrompu les âmes.
C'est là qu'il a puisé des ressources infâmes !
Aux paysans rongés par la soif et la faim,
Il demande du sang en échange de pain,
Et ses prétoriens du bout de leurs épées
Font rouler à ses pieds mille têtes coupées ;
Les flammes, dévorant chaumières et châteaux,
Éclairent dans la nuit les sinistres corbeaux,
Et le serf ignorant, à la face endurcie,
Pâle et sombre vautour né dans la Gallicie,
Vautour que Metternich a flatté de ses mains
Et qu'il fait engraisser de cadavres humains,
A la condition d'en conserver les têtes
Pour orner ses salons dans ses lugubres fêtes !....

De l'or pour les bandits de rapines gorgés ?
Les femmes, les enfans doivent être égorgés ;

La barrière des lois cède à la barbarie ;
Metternich teint de sang sa lèvre encore flétrie ;
Son cœur bat de nouveau, son œil fauve irrité
S'abreuve longuement d'atroce volupté :
Il est fier de son œuvre et tient en équilibre
Son pouvoir détesté de la Vistule au Tibre ;
Puis, pilote lassé, dormant sur l'aviron,
Il goutte le bonheur que savourait Néron,
Lorsque couvert de fleurs, environné de femmes,
Il voyait les Chrétiens expirer dans les flammes.
Par lui, le despotisme a de sanglans autels,
Où les peuples courbés sous des fers éternels,
Forgent en pâlissant les cruelles entraves
qui d'illustres vaincus font de pâles esclaves (1)

Honte ! à qui dans son cœur ne sent rien retentir,
Quand il voit s'agiter tout un peuple martyr,
Au bruissement des fers, mêlant son cri de guerre,
Voulant une patrie ou quelques pieds de terre !
Honte ! à qui n'offre pas son obole et son sang
Et ne vas pas soudain prendre place en son rang.
Si le pouvoir d'en haut est toujours sans entrailles,
Le peuple qui s'enivre au parfum des batailles,

(1) L'auteur a fait allusion aux massacres de Gallicie. On sait
que Metternich avait offert une prime de 126 francs, l'abondance
des meurtres a forcé ses agens a ne payer les têtes que 26 francs
seulement. Le banquier Rotschild aidera sans doute, par un em-
prunt, le paternel ministre autrichien.

Appellant de ses vœux les temps qui vont venir,
Tracera son sillon aux champs de l'avenir.

Roi des Français, laissez le peuple à la frontiére
Lui-même déployer son illustre banniére,
Ne vous opposez pas à nos transports guerriers,
Prince, souvenez-vous de nos jeunes lauriers ?
La foi des Polonais ne peut être trompée,
La France doit parler la main sur son épée ;
Des peuples opprimés, reconnaissez les droits,
Soyez l'ami du peuple et le maître des rois.
Vous avez à la paix fait plus d'un sacrice,
La Pologne, aujourd'hui vous demande justice !
L'Europe a tressailli devant son étendard,
Effroi de Metternich, de Guillaume et du tzar,
Voulez-vous qu'aujourd'hui portant sur nous la vue,
Elle dise en tombant : « France, je te salue !
» France, réserve nous quelques bravos flatteurs !
» César applaudissait à ses gladiateurs !
» Mais jamais on ne vit sa bouche souveraine
» Insulter au vaincu qui tombait dans l'arène. (1)
» Autrefois nous avons combattu dans tes rangs,
» Tu nous dois des bravos, nous te donnions du sang
» France ! vois nous mourir, vois des peuples esclaves
» Proclamer en tombant la liberté des Slaves.

(1) Lisez LA PRESSE, journal du parti russe.

» La Pologne se lève en un suprême effort,
» Prendras-tu lâchement le parti du plus fort?
» Suivras-tu les leçons d'une lâche prudence?
» Ah! S'il en est ainsi, ne t'appelle plus France! »
La Pologne à le droit de nous traiter ainsi,
Alors que Metternich la tient à sa merci
Et que dans notre lâche et coupable inertie
Nous la livons aux mains de la diplomatie.
La France d'aujourd'hui craint-elle le danger
Et n'est-elle pour rien comptée à l'étranger?
Croit-on de ses devoirs s'affranchir par des larmes?
Avons-nous oubliés comment on court aux armes?
Guizot pense-t-il donc qu'un devoir est rempli
Quand il courbe son front sous le fait accompli?
La France d'autrefois, royaume ou république,
Savait bien mieux remplir une tâche héroïque,
Et quand à sa voix forte un roi répondait : non !
Elle imposait ses lois par la voix du canon.
Marchons !.... Qu'est-ce qu'un tzar? le terrible fantôme
D'un Caïus, d'un Néron, pâle tyran de Rome,
C'est un monstre sans nom, corybante éhonté
Que le meurtre emplit seul d'atroce volupté,
Un tzar, c'est Nicolas, l'horreur de tout un monde!
C'est le tigre laissant une trace profonde,
C'est le frère barbare assassin déloyal
Qui fit monter le crime au trône impérial !
Depuis Pierre-le-Grand, bourreau de son armée,
Le crime à chaque tzar fait une renommée;
Le sang des Romanoff nourri de trahison,
Est tari par le fer, glacé par le poison,

Sur leurs pères, les fils jettent des yeux avides,
Rien ne fait reculer les modernes Atrides ;
Pour eux l'humanité ne peut avoir des lois,

Et la nature en vain fait entendre sa voix !..,
Depuis le règne vil de la fière tzarine
Que l'histoire nomma la grande Catherine,
Le sang d'un peuple entier teint la pourpre du tzar,
Le trône est un cercueil et le sceptre un poignard.
Race des Romanoff, race à jamais maudite
Qui courbas sous le joug le brutal moscowite,
Dis : combien de martyrs sont tombés sous tes coups,
Et furent immolés à tes soupçons jaloux ?
Dis : combien d'empereurs dans ce combat sans trève,
Sont morts sous le lacet, sont tombés sous le glaive?

Mais que m'importe ici ces cadavres de rois,
Une plus sainte cause a fait vibrer ma voix ;
Il faut que je déchire aux regards de l'Europe
Le manteau dont un tigre aujourd'hui s'enveloppe,
Il faut que je dénonce aux droits des souverains
Celui qui dans le sang osa tremper ses mains ;
Il faut que sous mon vers, l'Autocrate palisse,
Souverains, écoutez ! et puis, faites justice,
Un tribunal de rois pour juger un tyran !
C'est trop, je le sais bien, mais le crime fut grand,
Mais le sang des martyrs vers Dieu s'élève et crie,
Mais il a trop souillé sa puissance flétrie ;
Il a déshonoré chaque bandeau royal

En faisant un poignard du glaive impérial ;
A l'Europe chrétienne il a fait une insulte
En décimant un peuple, en proscrivant son culte.
Sa lâcheté cruelle a voulu qu'un Etat
Fut en proie aux fureurs d'un indigne apostat,
Puis, le persécuteur qui fait pâlir Tibère,
Couvrant son front livide avec un masque austère,
Dans la reine cité du vieux monde chrétien
Fait tressaillir d'orgueil, Caïus, Dioclétien.
Les ossemens blanchis des martyrs d'un autre âge
Ont frémi de douleur à ce sanglant outrage,
Et les saints, morts pour Dieu, morts pour la liberté,
Ont flétri, mais en vain, Néron ressuscité ;
Pour crier anathême ils sont sortis des tombes,
Mais leur voix monte en vain du fond des catacombes.
Le Pape, ce vieillard impuissant pour le bien,
Voit tuer froidement tout un peuple chrétien,
Il a du tzar-bourreau pris la main avilie
De la main qui signa la mort de l'Italie.
Il a mis sans rougir la Pologne à l'encan,
Et béni Nicolas au sein du vatican ;
A peine a-t-il osé faire entendre une plainte,
Au lieu d'en appeler, prêtre, à la guerre sainte,
Il embrasse le tzar et la Pologne en deuil
Voit le traité de paix signé sur son cercueil !

L'enthousiasme saint aujourd'hui se repose,
Le vicaire du Christ a déserté sa cause,
Et seul, Abd-El-Kader, prêtre d'un autre Dieu,

A son antique foi ne veut pas dire adieu ;
Dans ce siècle de fer, impie et rétrograde,
Seul il prêche au désert une sainte croisade,
Et l'Europe qui meurt dans son manteau de paix
De sa froide torpeur ne sortira jamais ;
L'intérêt a flétri son âme, et, sans colère,
Elle verrait le Christ remonter au Calvaire.

Elle a vu des Martyrs comme ceux d'autrefois,
Et contre leurs bourreaux n'a pas levé la voix ;
Un peuple en frémissant secouait ses entraves,
Elle n'a pas brisé la chaîne des esclaves,
Elle a vu la Pologne au grand corps abattu,
Et n'a pas eu pitié de sa mâle vertu ;
Elle a souffert qu'un sol illustré par la gloire,
Vit son nom effacé des pages de l'histoire,
Qu'un peuple tout entier descendit au tombeau,
Et que son noble sol déchiré par lambeaux,
D'une odieuse paix, trop judaïque gage,
Des princes étrangers fut l'inique héritage ;
Que la Prusse, l'Autriche et l'empire du tzar,
Sur les murs polonais missent un étendart,
Pour qu'il ne reste rien de ce royaume antique,
Dont le monde admirait la valeur héroïque,
Rien, que la cendre froide et que les souvenirs,
Rien que les ossemens de ses derniers martyrs,
Rien que quelques vieillards épargnés par les flammes,
Que de jeunes enfans, des prêtres et des femmes.

Des prêtes ! des vieillards ! oh ! C'était trop encor
Pour le sombre Néron qui gouverne le nord !
Oh ! c'était trop encor pour le brutal athlète,
Qui voudrait que le peuple eut une seule tête
Pour la faire tomber quand lassé de souffrir,
Il se relèverait pour combattre et mourir ;
Des prêtres ! c'était trop pour ce pape du schisme
Qui foula sous ses pieds le vienx catholicisme.
Il craint les fils de ceux qui pour venger l'exil
Arment encor leurs bras du glaive de *Schlamil* ;
Il craint que la révolte, agitant Varsovie,
Tende une main amie aux fils de Cracovie ;
Et son regard sanglant par la peur irrité,
Voit la religion vengeant la liberté !
Il a peur ! Il a peur ! Sa lâche hypocrisie
Vient tuer tout un peuple avec l'apostasie ;
Car il entend la voix de la raison d'état
Qui dit qu'un peuple est mort dès qu'il est apostat.

Nicolas ! les remords te poursuivront sans trêves,
Et de spectres sanglans peupleront tous tes rêves,
Tu verras tes bourreaux, d'or et de sang gorgés,
Ivres près des héros par ton ordre égorgés,
Se relever, lassés de servir tous tes crimes
Et venger dans ton sang tes illustres victimes !....
. . . .
Français, n'attendons pas que dans chaque foyer,
Le Polonais mourant voit la flamme ondoyer.

Quand le fer des bourreaux suit le plomb des batailles,
Quand les pleurs et le sang innondent les murailles,
Laisserons-nous encor redescendre au cercueil
Ce peuple de héros dont nous portions le deuil?
Lorsque devant Bedfort les lys vinrent s'abattre,
Une vierge apparut pour marcher et combattre ;
Elle saisit le glaive et fit battre les cœurs ;
D'esclaves pâlissants, fit des guerriers vainqueurs,
Et du haut du bûcher, d'où s'envolait son âme,
Elle emplit tous les cœurs de courage et de flamme.
L'Anglais, partout vaincu, ployant sous ses revers,
N'eut dans les champs français qu'une tombe ou des fers,
Où, par delà les mers s'enfuyant en furie,
D'un peuple de martyrs vit naître une patrie.

La vierge polonaise, en ces jours doit venir,
Où ce serait douter de Dieu, de l'avenir !
Le despotisme est vieux, et bientôt tout un monde
Fera sous son bras fort crouler l'idole immonde !
Les tyrans absolus, fleaux du genre humain,
Sont des bouchers vendant l'homme de main en main ;
Mais Dieu ne fit pas l'homme afin qu'il fût esclave,
Il briserait plutôt de sa main son entrave
Contre un faux *droit divin*, Dieu serait son appui,
S'armerait de la foudre et combattrait pour lui !
Pologne tu vaincras, car nous sommes tes frères,
Nous voulons partager tes illustres misères,
Punir des oppresseurs l'infâme cruauté,

Et conquérir un titre à l'immortalité !
Nous voulons qu'on inscrive aux pages de l'histoire :
« *Ils ont été rivaux de dangers et de gloire,*
» *Ils ont purgé le Nord d'un pouvoir détesté*
» *Et sur son piedestal assis la liberté.* »
En vain sur l'échafaud plus d'un soldat expie
Le courage d'avoir brisé le pacte impie.
Pour défendre tes droits, sortant de leurs tombeaux,
Tes sublimes martyrs feront fuir tes bourreaux ;
Chaque Français, pour toi, prêt à donner sa vie,
Pour ton indépendance, injustement ravie,
Livrera s'il le faut, de suprêmes combats.
La Pologne est vivante et ne périra pas.

FIN.

Imprimerie d'A. Saintin, rue St-Pierre-Montmartre, 17.

Neuviéme édition : 50 cent.

COMPENDIUM

CODE

DES JÉSUITES

In-18 américain,

Complément indispensable des OEuvres de

MM. MICHELET ET QUINET.

MYSTÈRES DU PROCÈS DE L'ABBÉ

CONTRAFATTO

ACCUSATION DE VIOL.

In-18, contenant la matière d'un volume in-8. 3ᶜ édition.

PRIX : 40 cent.

SOUS PRESSE :

NÉMÉSIS DU PEUPLE.

Imprimerie d'AMÉDÉE SAINTIN, rue St–Pierre–Montmartre, 17